·广西新锐作家作品系列·

东西 主编

唐允

诗集

不如去看芭蕉

广西民族出版社
Gvangjsih Minzcuz Cuzbanjse

作者简介

唐允，1984年生，广西田林县人。先后毕业于广西民族大学、四川大学，现在田林县工作。在广西民族大学读书期间开始涉猎文学，尤喜诗歌，从此偶尔学着作诗。先受穆旦的诗歌影响，接受西方翻译诗歌熏陶，然后在网络上阅读、学习中国当代诗歌。有作品发表于《星星》《诗刊》《广西文学》《芙蓉》等杂志。

目录

山 中

虫声细碎，鸟鸣在很高的地方跃起
下垂的溪流声击穿了大地
闭上眼，我能听到暮色
在我脸上刻画的轻响
如此犹豫，晚风拉着我的衣裳
坐进怀中
像一个女子
过了多年，我才知道她的爱情

（发表于《诗刊》2015 年 4 月号下半月刊《e 首诗》栏目）

在远走的车里

阳光扑进车里，在弯曲的道路中
我又失去了自己。
只有遥远的、随处的闪光；
只有无处不在的灼热；
只有一群陌生人
在流淌。我们
不可能不坐在这儿，听着那个胖妇人
在电话里诉苦：“我对他深深地、
完完全全地失望了！
我走了！”她挂了电话，沉默起来，好像
不大相信
自己刚才的话。而我不知道
在寂静中我为什么
而犹豫。
车开得越来越快。只有那个小男孩

安静地坐在她膝头
受热风吹，
像世上最幸福的人。

（发表于《诗刊》2018 年 8 月号下半月刊《银河》栏目）

如　故

当我们离开晚雾遮盖的山道
又看见那些窄小的房屋
不禁感到温暖
想起消失的三十年，好比冲了一个冷水澡
再穿上衣服
切切地感受自己重归的身体
啊，它们在寻常的草木中多么相宜
一点点逝去的风
正在接受它们粗糙的、错乱的琴弦
“是的，我爱过，错过
至今想来令人后悔。”
可当我站在母亲种植的芭蕉树下
仰望它亭亭如盖
我知道，一切挚爱，心痛，都已
融入静物的仪式中

（发表于《诗刊》2018年8月号下半月刊《银河》栏目）

不　安

窗口亮了——它又取走我的眼睛
在黑暗中
我吃一只橙子，星辰
正在回收世人的目光
远处的窗帘
和愿望一样菲薄
柔软，雨水和日光在上面留下印痕
我能闻到
它们，一一出现
我却不能去爱
而我知道我会被任何一物偷走
这感觉何其不安

（发表于《诗刊》2018年8月号下半月刊《银河》栏目）

街　灯

有几盏街灯突然熄灭了。在黑暗里
我是其中一盏
在微风中闭上眼睛，回忆
——刚刚离去的人
流泪的脸。我终于知道这世界需要的铁
为何这么坚硬，并且垂直
并且，刷着油漆

（发表于《诗刊》2018 年 8 月号下半月刊《银河》栏目）

我 们

隔着这层窗帘听人说话
如在电影中
这偏僻小镇的口音，吵架般的对话
很快就会消失
被孤单锁住的愉悦时光，很快就用完
我已看到的世间的悲惨
将换成自身的不适
沿途的草木
我很难向人说起自己曾是个紧张的少年
但那时——
嗯，那个时候
我们在一起
总有一件事情来到我们面前
将它的困难递给每个人

（发表于《诗刊》2018年8月号下半月刊《银河》栏目）

冬　天

很多年前，在家乡偏僻而冰凉的荒地
我的伙伴对我说
她不想读书了，现在我清楚地记得
她长了雀斑的脸闪现
一抹严肃的潮红，我记得她那种
迥异于平常的声音
以及沉默，在沉默中被风吹动的草丛
像要起身去往远方
我不记得我说了什么，也不知道
她此后过得怎样
我只记得那片荒野和荒野中的我们
那一刻的风吹
像心事重重的父母经过我们身旁
不知为何，
这成了我对冬天的固有的印象

一到年尾，天气变冷，
我就会觉得有人
又要对我说出我不愿相信的事情

（发表于《诗刊》2018 年 8 月号下半月刊《银河》栏目）

蝴　蝶

蝴蝶将飞到哪儿？
亲爱的，
它们如何死去，寒冷
如何打开
它们轻盈的器官？
你看见——冰霜
掏出它们的爱情；
你的心
被海水染蓝。
你确知风中微妙的不幸
来自遗忘，
来自死亡，
所以草地摇晃，
轻轻撤退，我们走过，
已不再年轻。

无物使我们闭上眼睛。
所以
请闭上眼睛——
远处的大海正在下降。

（发表于《星星·诗歌原创》2018 年 5 月上旬刊）

走出小房间的人

他穿上衣服，感受他应允世界的温度
他知道他身上有很多人
在相会，他看着镜中的他：有一个人刚刚
起身离开
另一个人走到门边，送别

然后他走下楼梯，他知道有人
为他看守小小的房间，有人为他忘记
很久没来的爱情
而且有人在他前面走下这段楼梯，有人
稍稍落后
其中有人用目光将楼梯再造了一次，也许
他们都品尝到某种失败

他感到沮丧

当他走入大街，看到他们忙碌的身影
——他们守着一种秩序
和许多他不可能看到的东西；他只是
一面移动的镜子
将一点点令人惊讶的痛苦
还给他们

他扛着巨大的无知继续向前走去
又像是在原路返回

（发表于《星星·诗歌原创》2018年5月上旬刊）

斧头上的情感

有些过去的情感留在斧头上
像灰尘一样
某天刚从外地回来的我用那把斧头劈柴做饭
父亲在旁轻声说："你只给我买了东西，
那你妈呢？"
我忽然流下泪来。大山中的暮色降落
我们三个人的那顿晚餐
我记得。六十瓦的灯泡太亮了
我们变形的影子贴在墙上默默滑动
我们吃了很多
但桌上的饭菜不可能吃完
它们被留到下一餐
下一餐吃不完也没有倒掉
有一天自然就不见了

有一天我在屋子的某个角落
看见这把斧头，上面落满尘埃

（发表于《广西文学》2020年第8期）

不如去看芭蕉

我独自走进园子边缘的芭蕉林
找到吐出最黄的芭蕉的那株
将它放倒
不然过不了多久就会烂了

之后我在空了一点的林中陪几年前的我们
默默站一会儿

（发表于《广西文学》2020 年第 8 期）

晚年的证词

父亲最好的朋友来看他了
我帮拿烟和茶
他去做菜
然后他们聊了一晚
早上我再次惊讶地发现他们是两个
头发花白的小老头儿
十几年和二十年前的那两个人呢
那时他们的话真精彩呀
我能默默地听上四五个钟头
以为自己也已可以
自如地看待人世
如今我不忍听
怕听出他们笑话的是一整个我
更怕听出他们愤怒的
恰是他们自己

我不想这么早就听到
晚年的证词

（发表于《广西文学》2020 年第 8 期）

傍　晚

傍晚，走下陡峭的小街，
我想，我们能看得明白的，无非是月亮；
我们能够亲近的，无非是山野的寂静，
我们能够找到的信任与爱，也都是孤孤单单地
立在它们旁边，被遗忘多时。

（发表于《广西文学》2020 年第 8 期）

郊　外

堤坝，散落的石子，波浪
有各不相同的寒冷、光和重量
以及——
浑然不知的体积。走在其中
在某一刻
会忍不住哭泣
——终究，我们是为另一个人
爱过它们；
终究，另一个人只能留下这些极为简朴的道路。

（发表于《广西文学》2020 年第 8 期）

齿　痕

这本书被老鼠啃过
那一定是在深夜
我睡着时。
不知它觉得味道如何
现在，我看着这些齿痕
还有四周
被我用旧的东西
不禁悲从中来
这本书，我带了十年
那个人，我绝望地爱了七年
却从未真正地知道
我为何绝望。
现在，直到现在，阳光倾洒
我躺在床上，大汗淋漓
还是不能明白

却早已接受这世界所能给我的一切
——离我最近的
是这些齿痕

（发表于《广西文学》2020 年第 8 期）

小　城

在中午，小城跳起
如一只闹钟
我坐在它对面，既不能品尝动物性的痛苦
也不能微笑，每一个走过的人
都不会改变我的命运
尽管我相信他们
做了他们该做的事情
尽管因此我觉得轻松
并且绝望。走出办公室
看到秀丽而层叠的远山、树林
我仍然为之惊讶
——当一万方的蓝色在天空飘荡，太阳偏移
我还是和我永不能理解的事物
生活在一起。

（发表于《广西文学》2020 年第 8 期）

景　物

此刻，椿木的叶子和几只鸟儿
被轻风吹向一旁
靠近溪流，母亲的悲伤淡了
早年和她一起浣洗衣裳的水流，再不可见
最后一次听到她流泪的那块岩石，也被我带走
在心中，它已破碎
无名，如我怀念的其他事物，令人绝望
在空气中
我们所爱过的，接近死亡
阳光照射时，恰如黄金，不可真正享用
这正是我们能一起活下去的原因。

（发表于《广西文学》2020 年第 8 期）

快　乐

母亲在我读初中时经常烤酒
用骡子驮到街上去卖
每次得百十元
这是她的业余活路之一，大多时候
她在田亩间忙碌，我跟着做的时候疑惑
她是否像他们说的那样
热爱土地，作为农民的母亲是否
为自己骄傲。而且
她还养着猪，牛马，鸡鸭和狗
这么多年
我都不愿想到我的妈妈
是否真的快乐。直到有一晚
午夜，我被我女儿的笑声吵醒，而她没醒
就这么咧嘴傻笑。于是我想到母亲
应该也曾像我现在这样

感到过快乐
也许，这就是她的快乐
我被蒙多年而不自知，或已知道了
却不愿承认

（发表于《广西文学》2020 年第 10 期）

寂　静

我和父母、两个哥哥排开，在一块
陡得快要
逃离世界的地里
埋头挖掘。锄头落进土里的声音，像咳嗽，
从远处听像蚕啃桑叶
像几滴固执的雨，一遍遍
落在脸上

无处逃避的下午三点
太阳玩弄一匹骡子歪斜的身影。它奔跑，嘶叫
在一棵枯死的树下几乎将绳子扯断
终于在绳子尽头又困难地
前伸二尺
去吃一棵草尖，然后停下来
它脸上写着满足，厌倦——噢，我最初的老师
在这里受苦

而一只白脸山雀落在树上，随意飞走
树枝在高处晃动
这晃动离天空太远，于吃午餐的我们也很遥远
可我们盯着，看它何时止息，一边看
一边让食物静静下落
安抚肠胃
像桶在吃水，被缓缓吊起——
然后那种寂静在大树与天空之间产生
在这寂静里仿佛可以请求
任何东西

你请求，你泪流满面

（发表于《广西文学》2020 年第 10 期）

关于爷爷的记忆

我爹和我娘都跟我说过，在我四五岁时
我们住在茅草房里，爷爷偏瘫在床，痛苦难熬
有次爷爷叫我搬来一块青砖，他抬起它
砸自己的头
但因双臂无力，不能成功，又不忍心叫我去砸
便就此罢手。据说
爷爷流着泪说过此事。我完全没有记忆
他们说起都很自责，就像欠钱
不能还上的人
可除了劝慰老人、安抚孩子，对一个老人的痛苦
和一个孩子的无辜，他们又能做什么呢
他们只能一直记着此事
它发生了。他们知道了，并告诉我——
我那几乎没有什么印象的爷爷在这件事上
也曾那么爱我

（发表于《广西文学》2020 年第 10 期）

故乡之一种

我渴望有一天回到故乡
如去到远方
狭窄的村道上都是
不认识的孩子，父母兄弟待我
如一个不重要的客人

我的孩子已长大，我两鬓斑白
我的快乐是用放大镜
读一本书
然后去看越长越茂盛的芭蕉林
没有回忆让人羞愧

这是我渴望的故乡之一
在无泪可流的虚无中
我看到它

我走进里面
戴着无人再戴的帽子
走在里面，在每扇门前徘徊。那些门
已锁。我慢慢走过
为肚子里的饥饿感到喜悦

（发表于《广西文学》2020 年第 10 期）

又见村庄

有一次，我们的车陷进泥淖，一个小水塘
我们下来抽烟，让车就这么停着
然后一只猪跑来蹭它的屁股
一只狗在旁边撒尿
几只鸡伏在不远处的柴垛嘲歌——几只鸡
被太阳晒成灰袋子，像在
世界的中心，羞辱迷路的人。就停在这里吧
把车上的猪肉与豆腐拿到最近的人家——
这家只有一个黑瘦的老人
他加了一些黄豆和腊肉，跟我们一起
做了三碟小菜，又舀了四碗酒
他真健谈啊，还能喝
让人不忍，怕他不能尽兴
我们多留了两个钟头。其间我独自出来
在稻田边，看着禾苗和禾苗根部颤动的水，仿佛

我的脚趾还在其中拱起淤泥
仿佛我的心是空的
有水涌入其中，像涌入禾苗的胸腔
然后我看着旁边一丘孤坟发呆，其上野草茂盛
就像里面的人过得很好
就像大地收回的刹那是一种极乐
我在边缘徘徊，眺望，像一个在逃的人
遥望牢房。我看见
静静生长的稻田与坟墓之间有一条路
自己在走

（发表于《诗歌月刊》2020年第8期）

生活制度

在人世不需辩解。每个人
怎样忍受，怎样使用道德；
或者被道德使用
——无须害怕。

即使第二天起来，
发现甲壳虫的伤痕，发现它成长的秘密，
也不要伤心。
只有爱和恨使它这样渺小。

只有血和水改造万物。
尽管我们起身，远行，还是会看到一掠而过的制度；
不能忘了——我们胸怀利器
和稍大于它的伤口。

不要惊慌：如果有人爱你，如果
有人恨你。如果
无人——不要失落，
世界总会为你留下一堵立体的墙壁。

总有空气，泥土，快速
还原的一切。
痛苦，
总出现在你不知痛苦为何物的时刻。

（发表于《星星·诗歌原创》2021 年第 5 期）

有　赠

在照片上看到北方的一片田野
和我走过的地方不同
破败曲折的土路，有所不同
树木被人看到时有一点苍老
仿佛不是它自己的颜色……
那些田垄、铁塔、烟囱，刷着白灰的民居
笼着看不出来的忧郁
不若南方的明亮
不如南方一眼就可以看到的忧伤
我慢慢想象照片中那个行人的表情
——他走过宽阔的河，那么宽阔
站在桥上远望，应该觉得满足
特别是阳光照着，看起来又瘦又高
就像从不内伤的人儿
——他那么模糊，令我羡慕

（发表于《星星·诗歌原创》2021年第5期）

在候车室

在这种安全的时辰，阳光洒在窗台，
一只蜜蜂试探着静悄悄的玻璃；
我们远远看着那个来自哈尔滨的美丽的女人。
她的脸颊似乎还是冷的，
她的笑容自由自在；
她不是我们生命中会结识的那种异性。
我为我们奇异的冷漠和空气中微热的寂静而感到吃惊。

（发表于《星星·诗歌原创》2021 年第 5 期）

前　夜

像是不辞而别的前夜，
黑暗中的雨滴
总有一些声响。
像是将被告别的人坐在床头抽烟，
并无聊地想着抽烟的害处。

夜总是渐渐深了。
太阳在另一边照着他乡，
那些美丽的人，也总是沉甸甸的。
而无物可替代
眼前的烟灰缸。

总像是有人在世上打听不好的事情。
总像有悲哀的梦又找到了替身。
面对一堵墙壁，

不得不想到曾经爱过的人。
推开窗户，发现窗户已旧了好多。

就像是将要离开的人来到身旁，
却不知道他将真的离开。
就像是回到母亲痛哭的那一刻，
而父亲沉默着。
就像在学习最困难的事情，却毫无所得。

（发表于《芙蓉》2021 年第 1 期）

寂　静

乡下、家中、窗外，阳光普照一切
本来的面目
——满山的树、庄稼、云朵和花，
仿佛从未改变，
不曾移动。
但我知道“仿佛”二字所具有的虚无。
那全部的虚无
在此刻的鸡鸣狗吠中。
它们将我惊醒，令我心痛。
如果不是听着家中鸡、猪、狗叫的声音长大，
我不会知道这世间本有的
刺骨的寂静。
如果不是这种阳光，
这种寂静，
我不会知道我已悄然舍弃了那么多东西。

（发表于《芙蓉》2021 年第 1 期）

雨

今天东奔西跑，后来和一场迟到的雨走了几条小街
要办的事情似乎不必再办了，
我们逗留在广东人的音像店里，坐在雨的对面，
看它越下越大。
这些雨点落到地上时，对世间的事
已有了很深的了解。它们消失后，
小街虚弱横陈，人也变得很轻，仿佛天地已去了大半。
在晚光中，我们被照得明亮，
凭着身上几近空白的痴情，凝视江心翻滚而下的浊流。

（发表于《芙蓉》2021 年第 1 期）

安然看花的人是幸福的

三月我没回老家上坟，但可以想象
金银花漫山，这让我想起
少年时的一个姐姐
她不知道我喜欢过她，在山坡上
一起干活时，一眼可见荒草中的金银花盛开
一半金黄，一半雪白，那种清香只有女孩的身体
可以比拟。但她只跟我说过几句
我已想不起来的话
后来她嫁给本屯一个俊美青年，几年后
跟一个同样英俊的青年私通，被丈夫毒打
几次闹得四邻不安，其中一次
我听到她的哭喊
噢，我以为我感到了与她私会的人身上
那种痛苦，当她独自忍受……
最后他们离婚，她离开本屯

如今与她有关的男人都已年逾四十
无病无恙，生活渐趋小康
但我想起她——
想起我们没有一个人可以安然走近处处盛开的金银花
即使我们可以将它摘下，砍掉，烧毁
即使我们没这么做，只是看着它盛开、凋零
心中也有东西叫人后悔

（发表于《芙蓉》2021 年第 1 期）

灯火桥头

卖唱人走调的歌声，在夜空中飘荡
人来人往，试图去纠正的人
早已走出他的生命
卖糍粑和茶叶蛋的老人知道他们的商品
可能已有点坏了
但买过的人，下次还会再买
谁看到，谁走过，谁就有安静的面孔
在流水之上，灯火桥头
足以消磨人生中许多的夜晚
单那长长的椅子，就值得
一坐再坐

虽然黑暗中的流水不一定有
你记忆中的河的气味
刚刚走过去的年轻男子和女子

也许感受不到
你经历过的那些柔软
但如果，你在生活中学了足够多的东西
就不会在意好的歌声，好的买卖
好的河水和更柔软的比喻
如果你在生活中
什么也没学到，那你一定走了很远
才来到这个伤心的地方

（发表于《芙蓉》2021 年第 1 期）

一生只爱大排档

走出大排档，心有点慌。
和一群不认识的人喝了一夜，
被当作早就认识的人，
无法分辩。
我们用有脚的杯子喝酒，用手捉住
长长的玻璃的脚，
一起清算早就算清的时间：十五或十六年。
无人敢说这些年
发生了什么。
剩下的是中年人的食物，中年人的酒。
唱起只有声音的歌。
谈女人，真的。讲义气，假的。
我们这些无名之辈，走出大排档，又走出咖啡馆，
能想起一两段爱情故事
以及尚未生锈的

早年的血。
那不属于你的女人的势利，想起来了，那谁啊——
原谅你的人
在过苦日子，
葬了你的人至今走在冷雨中。

（发表于《芙蓉》2021 年第 1 期）

这　儿

我终于是住在这种
90 年代遗存至今的房子里，
和我的妻子，侄儿，
还有一两只永远逮不住的老鼠。

我对这两只老鼠的仇恨，
不只是因为它们偷吃东西
并弄出声响，
还因为它们使我知道我身在何处。

当我发现它们的痕迹，或突然
遇到它们诡异的身影，我知道我们
有了过多的杂物与空白。在我的羞惭与愤怒
升起之前，它们已不知所终。

而我知道它们仍在。

简直就是我们的灵魂。
在我们中间生活，但确实
不依靠我们。它们那种敏捷的无知
也许是对我们根本性的嘲弄。
它们假装无知，
吃下我放在门边的毒药，
死在屋外。它们的愚蠢让我绝望。

这愚蠢也是一种伪装。
它们故意赴死，
让我知道何为死亡。
我们今后将只有我们和没用完的毒药。

（发表于《芙蓉》2021 年第 1 期）

在桥上

站在桥上，我看到浅河的水草间，
一个老人划动简陋的竹排，
波浪和他一道起伏，无心远去。
当老人用竹竿拨开河面的垃圾，
他周围所有事物的热量，
我也能感受得到。
那就是这座桥变得很旧的原因之一。他划开河流，
寻找他想要找到的东西，
这有多么重要啊
——足以令他的儿女哭泣。河水耐心地弥合，
流淌，比他更慢，让他无数次地
渡过同样忧伤的地点，
也让我远去，去任何一个地方，
接受属于我的残缺的痛苦，并用掉它。

春　末

在小桌的纸上，世界分给我的这片阳光
是新的，最新的
我伸手给它
感到热，手背出现闪闪的汗珠
我不再移动
我不知道我毁掉了什么
会这么疲倦

关闭前一月大减价

从老街路过
一家规模不小的减价商店
还没倒闭，热闹依旧，想起三年前
住在附近，我和妻子在此进出
为一些看不出价值
但很便宜的东西
付出热情
和一点无论如何
都留不住的钱，其实并非必须
可我们把入眼的都买了，借口以后
总会用到。有几样一直在用
有的已扔掉，更多的混在杂物堆里
蒙上尘埃——
我偏爱一床华美且品质尚可的被套
看到它那么醒目，我清晰地想起自己

没那么糟糕，我喜欢它被挂起来
沐浴阳光的样子
那意思是：今日无事。直到现在
我仍觉得世上本无事，但已
没有便宜可占——
一切都打折了，却变得更贵
花钱的时候已不快乐
懂得去爱的时候，妻子绝望已久

金茨说起她刚去世的母亲

金茨这样说起她刚刚去世的母亲：
“有一天很晚了，她才从山上
收工回家。那时月光很好，我看见她
远远走来，像一缕烟，慢慢变成一个人。
她来到我面前，没有说话，
被阴影盖住的脸垮着，
像是在听圈里饿得直叫的猪在说些什么，
你无法想象她那痛心的样子。
嗯，她深深地看着我，
像看一个已被怀疑的陌生人，然后问我
为什么不给猪倒吃的，也不煮饭。
那声音很轻很轻，我一辈子都不会忘记，
就像里面……
含着血。然后她生火做饭，倒潲喂猪，
一句话也不说。我在晒台上坐了很久，
只看到一两颗星星，

而一大片看也看不完的夜空
蓝得让人害怕。那只匆匆忙忙的瘦月亮
就像我妈一样，悄无声息地穿过
我摸不到的地方。那晚
我没和她吃饭，她也没叫我。
直到她睡觉的时候，
我去躺在她旁边，毫无睡意。
很久后听见她睡着了，我伸手
摸了摸她的脸，觉得湿。
我点亮油灯，哦，那时我们用的是煤油灯，
看见她脸上泪迹没干，
像一片沼泽。我第一次知道人的脸
也会是这个样子。我记得当时
我还舔了舔指尖上的泪水，
突然觉得很饿。

之后我自己去灶房吃了一点饭菜，
吃的时候我想，要是我妈死了，
要是哪天她真的死了，我也会像她今晚
这样哭吧。可是没有。”

县　城

在刚刚开走的火车里，好像
有人在喊我。那窗帘低垂，铁轨滚烫

它消失后，几只野狗在街上互咬
因为四周空空如也

而太阳试图用光线钓走一切

无人大道

他是那种跟你借一百块钱
又用其中的八十块
请你喝酒的朋友。他跟我的友谊
来自一个共同的认知
——在冬天早晨，湿漉漉的无人大道
让人情欲勃发，让人想要为之
痛哭。我不知道什么是珍贵的
但一定有什么值得我们
在喝得烂醉的时候
胡言乱语。满天星斗像一片甘蔗林
我们拎着酒瓶在里面唱歌，颓废
在年轻的身体上
流淌。之后是悲哀。当有人
愿意做你的妻子，有关钱的
问题，孩子，可怕的自己
忽然出现了。他说自己整夜整夜

在街区游荡，他以为自己是一只狼但没有人
这样认为，因为吵架时
总会口吃。有一次面试的时候，有个人
当面说他的眼神
是软弱的。可那又怎样？我说
你是那只狼，它在别的狼
逃离的地方待到了
最后。其他人，或其他狼只是
自我欺骗，而你没有
我相信我说的这些——
有一条无人大道，始终等着
真正的野兽在其上狂奔
为此，每个人都要独自穿过大半个省份
回归自我的身体和灵魂。然后踏上
无人之旅

懂　得

六婆从楼上掉下来，过一会就走了。
没人知道她是不是自杀，也没人真的想懂，
但都在想——
关于她刻薄的儿媳，勤劳又软弱的儿子，琐事，争吵。
谁知道自己想搞懂什么？
她的女儿只是哭，什么都不说，
而且嫁去外屯十多年了。
她最疼的孙子整天怒气冲冲，那又怎样？
她养大的猪被杀了，被摆上桌来待客。
她种的青菜、腌好的酸笋，她土制的酱油和豆豉，
是我们在这个冬夜怀念她最好的理由。
这没什么不对。大家懂得她爱什么。这就够了。
她害怕的东西每个人都怕。

自　然

看人砸石头是种快乐。
自己上阵，砸到快意的时候
也不愿停下来。
一个男人用铁锤的样子
一定是最自然的。
直接，热烈。这样说
你就懂李二叔的痛苦了——
他桀骜的铁锤砸在
自己的左脚，在二十年前，
一个午后，来工地送饭的二婶
搂着他的血腿大哭。现在
她叫他“跛子”。

夏　天

每一天，都有野草和花朵
在轻易死去
有星辰不及取名
就已消失
也有人从未收到别人的爱意
每一天，都有人为自己哭泣
在少数时候，也为别人

每一天，大部分人都经过窗户
却极少发现窗户外面的天空和大海
也将他们
带到了很远的地方

每一天，我都很难想起自己同时
活在不同的地方

也活在其他人的心中
我没发现我已为此而感到疲倦

当我感到疲倦，我会坐下来
让风带回那种极度熟悉的
身体的感觉
每一天，每一刻
是任何一个人都存在的事实
使我意识到这种感觉
并占有它

占有这无人领取的可悲的债务

黑森林

独自躺在里面。
听一只狗走近，
听它变成一只狼跑向深处，
舔着湖水。

为它在世间留下的足迹感到忧虑。

相忘于江湖

那时我年幼，十五六岁
带四百块钱离家出走
在某市，住一间破落旅社，四人房
同住的是一个瘦小汉子
他冲澡，洗衣，挂起的内裤
甚是寒酸，有破洞
我心生警惕，和衣而眠
然至夜深，十一点半
此人谈兴大起
言语中颇多豪侠之事，如某年某月
为兄弟出手痛揍一地痞于深巷中
某时为某事，戏弄镇长
于股掌之间
还为一女子苦守若干年——辞意切切
我并未深信

只从某些细节知道，此类事
非我能为也
故附和之
其大喜，即要请客，遂于路边摊
和我吃土豆汤，烂鸡爪，死猪肉两盘
喝去啤酒数瓶
末了我抢着付账，花去
五十八元人民币
心有点痛。此人愈加热情，说出姓名
坚称结拜，定要做我异姓大哥
并约定次年同月同日
于此一会
第二天怎样告别的，我已忘了
然第二年我如约而至
未见其人

目睹街巷游客匆匆，心想世人世事
不过如此云云
竟又觉得人生本就是寂寞如雪
此后历事阅人愈多
每每想起此事
不可名状，一笑置之
直至某场所，遇一风尘女子，与那人
竟有几分神似，遂道出此事，言及名貌
她大笑，说那是她兄长
患有间歇性精神病
我情知她骗我
心中感伤，如遇故人
似湖底鱼虾一般，忘了自己本来的面目

魔 性

我们长大后，许多事变得寻常
——刘老三打他的妻子，赶走女儿；
赵义理输光了亲戚借给他的钱；
前头镇的王兴成一定要把他家的骡子
在核桃树上吊够三天。
你可以想象那畜生，经受了什么。
我们喝酒聊到这里，
心中不会一动么。
而夜色不知何起，无穷无尽，
在这样的傍晚，听另一个人说话
只有陌生可以形容，
只有同情——想想各种话语带来的作用
在今天竟如此落寞。
朋友，我们做过的傻事，
也许没有原因。

比如，那天一起将发电机
扛到万条山的山顶再滚下坡去。
喝醉后，你说你要找聂小倩。
其他不堪的事，
只有自己能知道。
如果说有什么女人可以让你变好，
我不相信。如果说
有人比我更优秀，我不相信。
我相信流过泪水的人，都已接受魔鬼的诱惑。

关于父亲

我和他一起抽过有限的几种香烟。
在夜晚，在白天做工时，我们
不像爱劳动的农民，而是不停想着什么的
想而不得者。我们生命里更多的是
令人沮丧的平静，烟雾缭绕。而我对他的尊敬
根源于他哲学家的样貌，以及非常人
所有的和蔼，又以及其中
淡而又淡的厌倦，
他挑剔的眼光从未施之于他人的善良。有几年，
我能感觉他对我的失望，也如此温和。
也许他也失去了自解的兴趣，
孤独愈加粗粝，不可或缺，
像他养的几头看鸡的狗，“每天只用喂一次
或两次，养得凶了”。
身为人子，我并不被允许靠近

最近，在他须发全白的时候，他带我去他
选定的墓地，说该地最得
左边青龙庇护，后人或可以文才志业。
感觉不像是随便这样说的？
我帮他点烟，看见他忧郁的表情，
心中有点始料不及的高兴。
然后回家，一起走在大山最裸露的一条脊骨上，
清风吹拂，一支烟将尽的时候，
几乎流泪。父亲终是我
无法写出的诗，我们经历的一切如此平凡，
竟无法藏得住这些情绪。我又愿这些情绪
永不变成回忆，永不变成更深刻的东西，我只想
身在这场悲欢中。我知道他是如此不舍。

想起一个听来的故事

今夜雨滴无数，是哪一滴雨让我醒来？

我很快适应黑暗中的光，到厕所摸打火机，
点一支烟。

忽然想到大海，海边有条路穿过半个省
来到我楼下。
疲倦铺满空无一人的行程。

我曾跟着它去到海边，又从海边回来，
贪恋每一口没有压力的空气。

甚至不用想起一个人对另一个人的爱，
完全享用时间，身体，没有感伤也不需要
快乐。

就像此时抽烟，竖立在空气中，喉咙和眼睛
暴露在外，一切和我在一起，
像大海和雨，
且省略一滴雨从天空坠落、流浪到海的所有过程。

如此明确，像钉子钉入墙壁。

躺回床上，我忽然想起一个听来的故事。“当时”，
她说，“我跟一个陌生男人在台阶上聊天，
他抽烟，我在旁边看着大海，
无人消受的光和海浪浮现，静静嘶吼，
多美呀，
可不知为什么，我忽然觉得这是一个恐怖电影
开头的部分。这时这个男人真的站起来，

没看我一眼，头也不回地走了，再也没有出现。
没有人知道他是谁。”

我睡不着，为自己或是那个谁也不知道的男人
而感到伤心——
一滴雨和大海在世间同时存在并有着
不可宽慰的距离……

雨中事

那湿淋淋的骡子被拴到桐树底下，兀自跳腾，嘶叫
——这时事情已过去了

很快它也安静下来，无尽的雨打着高处的桐叶
又噗噗地落进沙土中。将两大袋芋头搬来
绑在驮架上，用力把驮架的一端拗起，够到
骡子身上的鞍子，再把架体往上推
当那架子整个落进凹槽
可以看到它的腰弯了一下
腿上的肉也鼓了起来，眼睛闪闪发亮

又将一大抱红薯藤搭在驮架中间，用绳子扎紧
最后牵着它走下山腰，暮色已模糊了远处的雨线
来到山脚的大路，将手绳掖在驮架
让它自己走在前边

突然有一只鸟在远处啼唱，不是常见那些
在叫声的间歇，天地像在滑落，去往某个浩瀚深渊
想到自己在这庞大球体的一条缝隙里行走
随处的泥泞可将人轻轻掩埋
不禁从兜里摸出一支烟来，捋直，点上

那麻醉就从舌尖至喉咙，升到头皮，心肠也为之战抖
被呵斥的她的脸、被她羞怒地抽打的骡子
一一浮现眼前。那时没去安抚她
而是去追牲口，抓住它拖在身后的绳子，被拖出很远……
现在她肯定是流着泪走在回去的路上

入冬来最大的一场雨伴着她——她把钱看得太重了
伤了她自己。在那一刻
如此恐惧。他看得出她甚至不是恨他，而是不再将他

和她自己放在心上

如这雨，雨中的山峦、深谷，如这些被雨软禁的物种
在幽暗中被随意摆弄，如十年、十一年只是一两个钟头……

写这首诗的原因

我梦到甜品，在赶往火车站的途中
它们摆满旁边的店铺
令我感到饥饿，我想要和另一个人
吃一些东西
但不知道这些甜品是否能让我们
感到同样的满足
我想着
醒来，想不起另一个人是谁
起身去楼下商店买来一块蛋糕，它的甜蜜
刺穿了我，像一种完全的悲哀
或者狂喜，这般纯粹
在我三十岁时
我不知该和谁说起这种味道

山　河

一千年前的一个中午，赶考的书生
在途中的破屋酣眠一个时辰
醒来，呆看着留有雨痕的屋梁
为自己竟在供桌上入睡
感到惊异又恐慌
但不知为何不愿起身
尽管他感觉有人远远看着他，那目光越过远山、树尖
落在他胸口的发梢上，使他感受到发梢的重量
他二十岁的身子
像是刚刚被登记在山河中
为此他叫来伴行的小厮
铺下笔墨，作了一阕《卜算子》
写毕，匆匆前行，入眼都是暮色中的落寞景象
秋后的人家在苍苍的天空下像小小的石头
他一步一步走着，望向神秘的京城

忽然感到从未有过的困倦
于是他向一个面目黧黑的老人借宿
晚上，在和这家人
就着灰暗的灯光用餐时
他无缘无故地流下了满腮的泪水，身边所有人
都没问他所为何事
在那一刻
他知道他经过了生命中最为杰出的刹那

快　乐

经过青草坪，其间幼松伫立，
有几根粗大的铁线围着，
让人想起它们的实用价值，
也许，它们的主人已经
赚够了钱。
现在我，容易这样去判断别人，带着
一个穷人的落寞，
你懂的。
但是这些青草随风，这些幼松如火，
在夕阳下，
令人想起自己曾经爱过的人。
还有这种气息，哦，
这种空气，
让我变成了另一个人，由衷地快乐，
如母亲希望那般。

在渡口

劳碌一天，在此停下
鸟鸣阵阵
火车熠熠生辉的窗口穿过暮色
坐在朽坏的椅子上
想起久别的朋友
仿佛接受邀请，顺着河流乘舟而去
感觉身体是燃烧的烛火
在人世祈祷
而之前我从未知道自己会如此祈祷
像所有失败的人那样
把一切放在明天

十六岁的事

我记得，结束第一段感情后
在小镇外面的草地上独坐
仿佛结束一段感情只是这样坐着不对
便又走入极远处的树林
这处密林干净，幽深
像穿戴整齐的妇人，作为一个
爱好《水浒传》的小伙子，我对这种地方
既害怕又渴望——我对世界和别人的想法
多于对自己的想法，应该是这样
——所以我在里面逛了一天
又坐了一夜，抽了两包烟，其间，在凌晨三四点的时候
烧起一堆火
在这堆火燃尽后
睡到第二天十二点，我记得这些

但不想再造当时的感觉

我始终感激生活容许一个十六岁的孩子

做以上的事

关于包子的回忆

大二时在外租房，楼下一对夫妻
在狭小的耳房做包子卖
供两个儿子上大学
我经常吃到刚出炉的包子
混有煤球的气味，不算好吃
但是冬天傍晚，听 U2 的歌
吃早已冷却的包子
被它们慢慢填充的身体
没有了欲望
像回到亲人身边，把空气
一口口吃光。这种快乐
让我感激这些包子
和跟它们一样柔软的东西
它们使父母做成了父母

儿女成为儿女
我吃它们的时候就好像自己
以后会成为很好的人

牡 丹

我第一次看到牡丹那天
已不想描写

开始在画中见过，那时租房挂历中
有一幅水墨画，它就在里面
就是这样

它是这样被种的，也这样被画
画它的人一定有好的愿望
所以没有动感

只有好的愿望而没有野心
实为我辈不取也
只有野心而没有好的愿望
也是可耻的

你将牡丹纹在腰间
像二十世纪初新异的插图
希望我写一本伟大的书将你埋葬

我确实已将你埋葬，用午夜空白的笔记本
其实坟墓就是一朵牡丹的形状

所以我真的见到牡丹那天
已不能描写

什么都有用的年代

没有什么是没用的
收割后的稻草可以喂牛
早年还用来铺床
后来给鸡鸭垫窝
鸡鸭的羽毛也可以留下来
妇女把洗头脱下的头发藏好
到时那些可疑的小贩会来到屯里
用一些奇妙的小物件换走
而狗牙，最漂亮的几颗
被妥善保管
给长到三四岁的孩子挂在胸口
以安抚他们容易受到惊吓的心灵
没有哪棵树的枝丫不受重视
它们干朽，掉落下来
可以抱来煮熟几顿饭菜

什么草都可以烧成灰
用以染黑米粒，做成粽子
甚至天边随意涂抹的云彩和月亮、星星
也是有用的
人在某一刻总会看着它们流泪
知道自己没用，他的泪水也没有用

家

嗯。积满灰尘的窗户
已有人用指尖画出一条孤单的弧线
充满遗憾
热风一件件地查看房里的家具
在它们眼中，我是陈旧的
我的快乐藏在身体里，无法找寻
而太阳留下的痕迹
在所有事物中，是那么明显
月亮的痕迹则很黯淡，我不知道它们
哪个更好，也不知道哪个亲人
更令我伤心

给母亲

那天你说，人在三十岁后犯错误，
必然会受到别人更多的斥责。
你理解道德正确的一面。
在这样的年龄，很多事你不知道。因此你温柔，
不停地变老。我从未想到你是这么矮小。
当我在柜台前面向医生询问药费，
看到你坐在椅子里打吊针，安详而疲惫，
有点像一个孩子。我不敢跟你告别。
我害怕向你展示我是怎样的人，
尽管你知道。那是你合情合理的痛苦，
直到最后你都不会去说。
而一起走到街上，在店铺与店铺之间转悠，
好像世上只有这一点点时间，
让我们相处。在我仓促的而立之年，
你的五十九岁。

怀念祖母

你穿蓝布衣的样子
变成照片里小小的一格
风在边框之外
抓住挂满石榴的枝条

在坟前坐下，点燃空白的纸钱
求你保佑，有点难以启齿
你能保佑什么？
我想是我们还需要彼此

有些困难和渴望想让你知道
你一定还想知道
梦见你后我就结婚了
后来有了女儿也想起你

我们用简单的愿望征服自己
越简单越好
现在你就成了最简单的意志
像风抓住挂满石榴的枝条

清　明

直至下午，小马哥将杯子喝空，用竹管
帮老头儿捉一只蜜蜂，干瘦的小姐姐仰着头
消失于沙沙的笑，一会儿她又出现
在一块滴水的抹布旁，望着窗外

啊，野孩子扔出石头，落在远远的河中
岸上的坟墓新来了三五个人影，野草无尽
天空乱成一团
她转过身来，暗暗记住一根永不可见的野草

致

那天你说喝醉了
一个人抱着电线杆摇晃，也许你哭了
不好意思告诉我
因为哭泣已近绝迹
在这样的年龄，我们所剩不多
掏不出什么真正的东西
我理解得晚
太晚了，在很深的夜里
才打电话给你
把你从梦中叫醒
我稍感安心
也许，我挽救了你
也许，你挽救了我
像两个小偷

偷到了最后一根稻草

此时，在这世上

我们摇晃着这唯一能摇晃的东西

悲　伤

当你悲伤的时候，要过一会才好
如果你真的悲伤就是这样
不是不能走出来而是
你想待在里面

就像阴天忽然出了太阳
你想待在和光线一样强烈的阴影里
点一支烟

躺在床上看蚂蚁

在我床上独步的蚂蚁
如千里行客
着黑衣
走在空旷而茫然的大地
像带刀的捕快
披发的武松
像鲁迅笔下的复仇者，举着黑色的目光

分　裂

初中围墙上插满啤酒瓶碎片
我们拔去几片
形成可以翻越的空隙
有次大牛被人追得急了
攀着围墙而过，逃回宿舍

第二天我问他为什么不钻底下的狗洞
他问为什么每次被追我都独自跑了

我们一起望着窗外，书声琅琅
被追逐的柳丝轻轻搭在玻璃片上
被追逐的墙轻轻搭在腐朽的石山间
被追逐的老校舍被追逐的手轻轻敲着门

我们坐着没动

却被自己追着跑了很远很远

今生已不能再相见

寂　寞

那时，我们抓萤火虫放进纸盒
却没看它们死亡的样子
我记起最长的夜
却终于忘了战抖着等来的明天

我记起爱，却不再关心爱过的人
就像那时的星星在很多年后
才被我看见
那很多年后的星星呢

那时有人说我是最懂她的人
我却为之感到寂寞
为什么

如今我像发光的虫子

住在白纸里，黑夜越来越短
没有人再来爱我
我觉得安全

我想起那个好像不会过去的深夜
我们提着一盒萤火虫走在荒野
不知道为何抱在一起
把纸盒扔进山沟

后来我在山沟里找到纸盒
并住了进去
我以为自己是最懂萤火虫的人
为什么为之而起的寂寞
仍令我感到厌恶

沉默是金

“不要让语言比你更多”
我想到这句话
并去理解它的意思

我抽烟，把烟蒂丢进垃圾篓
我喝完酒，将残渍洗清
我结婚后，放逐爱情
在一个中国家庭
空洞的楼顶

在别人面前，我没有语言
没有思想，只有行为
我抽烟的时候
他们看见那种冷淡
喝酒的时候，我的手在抖

住店的故事

隔壁有人吹口哨
活泼自如
太阳透过窗口
将我印在地毯里
好像无事发生
也是可以的

我从鼾声中醒来
阳光像创可贴
落在房间
什么都可能发生
什么人都会死去

口哨停了
拆房子的响声传来

警笛如梦
一只鸡突然鸣叫
为什么

有人在很遥远的地方解释
从很久远的往昔
像我父亲温和的声音
万物寂静的时刻
我总会觉察
一种解释
和母亲欲言又止的神情
可这不是他们

走出房门
我什么都不想了

看着田野沟壑纵横
水洼闪亮
只想起我是个几乎什么
都不相信的怪物
在这里等一个
已决定不再去爱的女人
一起去看她被死亡
亲吻的父亲

我只勉强相信奇迹

在桥上

有个人，背一面很大的鼓
走上喧闹的桥头
那鼓沉重，他弓着上身
一手拿两个鼓槌，一手撑腰

他老了，胡须花白
跟那面掉了漆、发白的鼓
像一对兄弟
赶赴一场重要的仪式

我跟很多人一样
看着他，又好像没看
明明看到他从另一边下桥
又感到他还在桥上，跟我们混在一起

意识到这点，我想找到那面鼓，四处看，感觉
就要找到了
忽然发现我手里抓着一杆唢呐
不用放到嘴边，就知道，它已等了我很久很久

早餐时间

很久没去街上吃早餐
想起油条
还有豆浆

很久没握妻子的手
没有仔细听母亲的话
想起她
像不会说话了

又想起排队吃油条的人
以及坐在桌边
喝豆浆的人
我不在他们中间

我坐在妻子和母亲旁边

也像不存在

她们相互看了看
看到我
她们又互相看了看

才在桌上拿起来自老家的
悲伤的芋头

物是人非

比如坐在我对面这个人
当年住陋巷，衣着褴褛，面有菜色
经常跟我诉说他女友不忠的故事
现在他衣着光鲜，侃侃而谈
所说的也没什么不对
但是，他老了
看一眼就知道无可挽回……

或许这样去形容他人
是种傲慢。人生也无所谓结局。可我想起
已不属于他的往事。那是个傍晚
我们走在河边，吹着风
看着岸上曲折的巷子吹牛
说别人发迹的事，评价诸辈手段，种种——
我说："如果你不要那个女人，

你也可以跟他们一样。”
马上我就心虚了，后悔。他一言不发
站了一会，独自走了
我继续看着昏黄的巷道和从其中经过的人
忽然明白了什么是人在屋檐下以及
我是谁
那就像一条鱼跳出水面
发出声音，然后河水继续流过去……

可现在
我不想跟谁提这件事
也不想再见到他
（这都可以的
在我们的人生里）

散场后，我们没有寒暄
各奔东西。我来到那条巷子，在路灯下，看着河水
和当年我们站过的地方。那里
什么都没有。可我想起那个女人以及
她可能爱过的那么多男人
都曾在这里
在屋檐下，她，他们，和我身上
有同一种气质。也就是你不知道你
会做什么或不做什么以及
你是否真的在意：只有在爱的时候
——在我们觉得那是爱的时候
才知道这是你唯一可以
失去的东西

世界另一边

傍晚走过旧街
看到一个出了车祸的人躺在路中间
还有警察、围观群众
看起来最安静的
是车

继续走去买菜
沿街店铺皆点燃大香
今天是节日吗？
我点了支烟一路向前

更多人，在更前方
在这条修了几十年的长长的柏油路上
只有那个人在他起不来的地方
睡着了

在世界另一边

我担心他翻身起来，浑身是伤

遛　狗

街上的猎犬让人心慌
不在于高大威猛
在于活在锁链中
拿着铁链的人那么健康，快乐

他们一起走下台阶，穿过桥洞，在河边游荡
他让它舔着河水，河水努力地流淌
倒映着桥，两岸的楼房，晚霞
它贪婪地看着这些
它不知道的东西
让人心慌

他牵着它扑进冬青丛，又从另一边窜出来
没有什么抵挡，没有什么放纵
只是游戏的两个身体跃动

没有意外的游戏
让人心慌

他们一起跑进空荡荡的广场
它冲着上空吠叫，他也抬头看了看
他看到了什么？
空荡荡的天空里，一个月亮像无人玩的皮球
然后，它向远处黑暗的角落狂吠
他用力拉走它，它转过头
狂吠不止

传出很远、无物呼应的狗叫声
只能是一种悲伤

让人心慌……

物理学

结婚数年。早上醒来
刷牙，吃早餐
她出门后
他留下来抽了支烟
在椅子里转过头
昨夜喉咙里的沉默不见了
然后他看到窗外两棵挨得很近的树
“也许，这静静的两棵
才是我们”
他想。他想了又想
觉得它们和两本放在架子上
已很陌生的书是
一样的

只要在一起

挨得很近的物体
都有看不见也摸不着的
秘密

杂　音

我想买一个好点儿的音箱，但是
又怕听不到那些杂音
那些时候，我听着它们和一个女人的声音
一同响起，她就好像
离我很近
在那些黄昏，我像刚刚放下刀子的人
站在棕榈的影子当中
想洗手，想在租来的房间里清洗身体
变成另一个人

走在江水边

走在江水边，想起迎着波浪唱歌的日子
无数装在酒瓶中的时日。
那些并不快乐的岁月，那么危险，优柔寡断，
自以为是地爱着另一个人，
美化着欲望。
那种无耻的时刻都变成了自行车上的钢铁，被卖到回收站时，
令人悲哀——恰恰三四年，
堪比一只飞鸟的寿命。
而要真正温柔地对待别人，是多么困难啊，
即使流泪，曾感到痛楚，
我也终于知道，每个人只可能为自己死去；
而且，也只会是无知地、自私地为别人活过一生。
尽管，这令人感动。

晴　朗

阳光冲过来的时候，向我喊了一声
我没听清
但一切，似乎有了点指望

加州南部不下雨

青年时代，二十六七岁的时候，
我以为生命是容易的，爱情也是，
甚至婚姻——
对大多数人而言的生活，
我没有准备，过得轻率。
我不知道落在你肩上的阳光
有命运的成分，我不知道
肉体中有疼痛的戏剧。
后来它们出现了，在我身上。
当你离开，我听着这首
我们一起听过的外国歌曲，
仿佛第一次看到空气，看见阳光。
我发现它们经过漫长的倾斜
造就牛马，造就我
——这漫长的时间充满告别。

每时每刻，它们都祝福你我，
现在也是。我知道。因为脆弱，
我否定过它们，就像被捕获的野兽
啊，年轻的身体，
欲望化成的奢念。多么清晰!
而我爱过你，像漆黑中的月亮，
充满错误，哀伤，如此平常。
我触摸它的光芒，感到快乐。
在空空的楼顶我听见了你的沉默，
所有人的沉默组成了天空，
以及月亮上疲倦的痕迹。
我知道，加州南部从不下雨。

仰望夜空

这三个月来，我感觉有个人
正一步步走入天空中，从那里消失。
我不知道他是谁。
我在我的日子里暗暗忍受，并喜欢上
一款儿童品牌舒缓型
洗发沐浴露（可一并清洗头发和身体）
这当然
是一种懒惰，到了年纪的人，
不会再为此找借口。
这让我想起我的祖母，
她躺在床上，失去了
与外界沟通的能力，只会吃东西，
而我的母亲为我的婚姻
忧心忡忡，这让她看起来更让人难过。
我能说点什么？

当我仰望夜空，仿佛是在看着他人的沉默。
那些星星像火一样散落其中。
太多的人离开了，没有什么解释，仿佛
只是为了让人看见更空的天空。
那毫无遮拦的天空，
静得让人心痛。比之个人的堕落，
贫穷，无休止的怨言，那无穷无尽的空气
更让人有劫后余生之感。
哦，那也是我不想结婚的最后的原因，
太多了，这世上的孤单。
我再也不愿想到谁，而让我感到活在世上
还需要忏悔。

他人的忧伤

走到桥上，仰望这个县城的天空，
我想起一个朋友对我说：
“如果不爱自己，
还指望别人来爱我们吗？”
我未尝不如此安慰自己，这种纯粹的自私
我隐藏了很多年，通过
几种形式伪装。
有的，酿成了悲剧。
因为自欺，我从未认可它的合理性。
尽管我不知道当我和别人一起仰望星空，是否
真的快乐；但此刻我想
在另一个人身边安静地坐下来，
让我感受到此人的自爱之情。那种灼热的气息，
也许适合我，
也许它带来更多他人的忧伤。

夜，致李伦

昨晚，一个少年时代的伙伴
叫我出来谈谈，十二点多
方才见面
他的样貌和初中时候
几乎没有区别，如果一定要说
是疲惫
在他身上保留着青春
像长跑运动员身上孤独的漫长

他用几瓶啤酒打发
像 David Munyon 唱
——Keep playing your guitar
再喝一点吧，既然年轻时喝得少
也不抽烟、打架
不必介意

世界最后拖走的是尸体
而不是生活
我们的生活足够三两个钟头的啤酒

树　木

那些树木看过去
就像不得不
活在这儿的你
毫无特色，拘谨

就像风带来了命令
它们颤抖，继而为之
舞蹈。然后雨
落了下来。大雨
如注

最后它们站在那里
披着奄奄一息的叶子
以及雨滴
光线

你不得不跟它们
站在一起
你不得不忍受你与它们之间
忽然出现的距离

明　天

无法入睡，坐在电脑前
无法进入一行文字
一部电影
时钟，衍生无数的秒，但不参与任何
事物的流逝
我为我将与一切去到明天感到心虚

就像一片拥有无数沙砾的沙漠
让在里面找不到水源的人
感到害怕
我对不在希望或绝望的意义上将我养大的母亲感到害怕
我对女儿与妻子感到害怕
在她们睡着的时候
我为自己听到她们的呼吸而被生命宽恕
感到害怕

在那并不以发生的一切
而显出别样的明天
我仍是一个在游戏里等着它结束的人
它的规则是当你想到某种善意
当你描述这种善意，你忧虑于它
被你贬低
你以为它是一种爱，但它让你在爱里感到害怕

凌晨两点独饮之歌

深夜，街对面传来拖一箱啤酒的声音
我想起它们一支支被撬开的
冰凉的呐喊
嘴唇又触到微苦而寡淡的气味
在那些夜晚，那些人，被椅子、街道和栅栏
统治的生活，以及烟。沉默——
我说过哪些被人记住的话？
对别人有点作用的？我记住谁
说了什么？没有
我想不起来
我知道我模仿谁说话
我还知道我倾听时像谁说的
那样开心。可我记不住
内容，也记不住身体在其他年龄里打滑时的
战抖有多奢侈——

我只记得酒超过了我们付出的所有
沉甸甸的一瓶又一瓶，一杯又一杯地麻醉
像在透支你在意的人的痛苦——
在他们茫然无措的时刻
嘲歌，享乐。在生活的中心
在意志力的首都
就像在床上躺得太久
把自己变成软弱而后悔的废物。但是
现在，我又找来一只杯子，撬开一个瓶子
在华丽的午夜独自漂流
在凌晨两点
生活终于离我而去，像一颗冰冷的流星

火车开过，留下山河

那火车的声音是什么颜色?
寂静跟着它远去

走进铁路之后的郊野
林中，躺在荒草里
难免想起三两个陌生的女人
她们在世上某处行走

亲切，痛苦，温柔
她们身边的爱人
跟我一样
身在灿烂的密林中，一无所有

即　景

真正陪我的
是他们不要的那些
和要不了的那些
比如雨、冰雹和它们匆匆
留下的小坑

好听的声音

深夜，火车的那种声音——
火车之所以是那样的声音
是知道有人在听
是知道有人听到后又陷入寂静
陷入整个省份的寂静和更加广袤的国土的延伸
于是
为了让这些人在从这种致他们于沉默的无力中
拔出身子的当儿
感到快乐
火车呼啸而过的时候
就发出了这样好听的声音

古老的敌意

半夜鸡叫——这些鸡，这些喉咙
像原始的播放器
在黑暗中唱响，高亢而清亮，且沧桑
胜过人间音乐无数

在小城里，它们被永久关押，喂食
发出惊惧或讨好的咕咕声
当被倒提起来、横刀一抹，它们
会被自己的声音噎死

可下半夜至天明，它们轮番鸣叫
越过它们的身体啼叫
啼唱一首无人可解也不为它们自己所解但被
弱小的身躯深深埋葬的诗歌

这一定是反抗人类之歌吧
在它们忘了反抗为何物的时代仍旧啼唱
在一个沦陷人间不知进退的人听来
这多少有点荒唐，有点凄凉

他不得不感受这古老的敌意，四面楚歌
他不知为何是他在这里打了败仗
他想在人类辉煌的事迹里
失败的，一定是一个个在鸡鸣狗吠中失眠的人

辞　职

拖着箱子和里面的东西走向路口的垃圾车
将它们放在那儿
我感觉干燥，窘迫：属于周日的壮丽蓝天正看着我
我在上面
寻找我的愿望
就像一只鳄鱼站在一个美丽世界的边上
默默地忍受自我的残酷与尊严

听《海拉尔的情人》

走过空空的戏台，步入人群
太阳西沉，每个人都分到了应得的光线
因此有的已经燃烧
他们走过时，我感受到被爱者的气息
但其中那种无可替代的
不可能被别人一直爱下去的气息
令人忧伤：无法交换的眼神，性感的额头，皮肤
谁能确信自己曾经拥有这些?
当所有的红色在天边消散
令人想起自己的血——很多温柔
只可能付与自我，但有时
也能令别人愉悦
有时候它也会唤起别人同样孤单的感受

无 眠

在深夜，听得鸟鸣，
令人想起很久很久以前，
世界安静，我还小，
常常对着芭蕉树
舞枪弄棒。
那时我想象过，
浪荡江湖
是什么滋味。
后来，我忘不掉的是
林教头酒后
被捆成粽子的情节。
他也有着凶险的、
放肆的身子，
和此刻啼叫的鸟儿有得一比。

仿佛他们永远

都是独自

醒在午夜，深怀愧疚。

我一直想去更远的地方

我一直想去更远的地方
为这些年，舍弃的事物与人。我不知道
我为何又感到不安
我想远行，走出墓穴般的现在

我想去更远的地方
孤单远走，怀着早已断绝的关系
我想变成一只鞋子
踏着灰尘远去，就像这世界没有我

我想离开炎热的、
宿命的家乡，
在一家乡间旅馆的墙壁上
写下我的一生，就像这世界

梦

我梦到很多蛇
分开草地
找到我
我的身体像被切割
我的心脏，跳
像一只青蛙：温顺
而恐怖，脆弱又敏捷
几乎不值得
去看
仿佛是它吓住了蛇群。它们惊异，不安
停在草丛中
像我最好的朋友
那样看我
那样看着我啊
我怕我醒来
会难过

桥

那个中年妇人在桥头喝酒
一口一口地喝，白酒瓶
落下又举起
脚下堆着一包包用来卖钱的花生
旁边卖鸡蛋的年轻女人
侧着身子问她：
“有那么好喝吗？”
仿佛好奇，仿佛惊异，仿佛责备
还有一点漫不经心的鄙弃
如果是我
也会这样问，走过桥上
我想着我们每个人
为什么流泪
桥下的河水声将我轻轻掩埋

在厂房守夜

火车吼过之后
所有的虫子都不叫了
我也一样
沉默了
和我谈话的刘老三惊讶地
望着窗外
窗外一片黑暗
在我们眼中
盖住了许多东西
我们转过身来
端起酒杯
像两个不认识的人

在父亲的荒野

当我渐渐知道什么不是痛苦
他已被痛苦冲出很远，他的太阳低垂
他的远山倾倒在太阳旁边
——我所看到的景象，是他的黄昏，在每条路上
都站着自由的回忆之神，高大的岩石，云彩，天空
弥漫着
不可原谅的蔚蓝。在这荒野，我看到我
是一颗上升的星星
在夜空中，上升，破碎
而不觉得痛苦

沉睡之后

装过的礼物
被取出
黄色的纸盒沉睡，变浅
今后将做他用
今后，无论收到什么
我们都会忧伤

而另一个人来到身旁
世上已落满叶子
我做梦
在一天一夜之后
街上挤满穷人，太阳犁开远空的蔚蓝

我们从未迟到
走入空空的粮仓
我们不会绝望

赠

这个夜晚，我们一起走过
许多安静的角落，
多么偶然，我牵着你的手，
不知道说些什么。
可对星星，对月亮，
我们有什么要说的呢？
——我认识你，
喜欢你，爱你，已用去了世间
绝大多数的道理。
我相信现在，以后，世界将给我
以前从未给我的东西，
我不知道那是什么。
因你可爱的面容，我愿意为之沉默。

遗　物

我对你的印象，已很模糊
两年了，我见过暴民与狱卒，律师与罪犯
是的，很多罪犯
和我一样，怀着艰难的悔悟之心与不甘
在简陋而坚固的围墙里嬉闹，徘徊
看着那些干燥的时辰
一个个倒下
因为工作，我得以偷偷分享他们的悲哀
我侦查他们做下的事情，大大小小
有的无奈，有的可笑
对错，是容易的，但原貌
已无法得知，而且，没有人为此抒情
我知道，我是奢侈的，用那么多的时间，那么多的事件
来遗忘胸中自私的、小小的爱情
它在我胸中，已经完完全全地终止了

像一粒铅弹
毫无理由地成为身体的一部分
不是吗？到最后，我们活在世上的
是身体。它是往事的遗物

每个人都在熟悉他自己的黑夜

每个人都在熟悉他自己的黑夜，
用他的地方，他的身体。
特别是他被舍弃的部分，极大地
塑造了他的感觉，仿佛过去的时光
变成了此刻的灯光，
有一种轻柔的怜悯，似雪
特别是被他舍弃的部分，
正在将他遗忘。
在黑夜里，每个人都是一块墓碑，
守着一个坟墓。
因此第二天，每个人看到他人的脸，
会感到一种极为轻微的失望。

身体上的路

我真正知道经济的残酷，
是听一个女孩说起
她前任男友，
“他用最后一块钱
买了个茶叶蛋，吃了蛋白，
把蛋黄给我。当时他那样子就像
第一次认识鸡蛋，我也好像
刚认识他”。
他们相拥着躺了一夜，
第二天就分手了。

我呢，没有和其他人分享
饥饿的经验，
只是曾一个人空着肚子过了两天，
唯一感到快乐的是那时

没有怪谁，
也没觉得这是不应该的。
所以我理解她说起前任的口吻，
只在陈述一件事。

这发生过，人变成物体。
情绪在其中停止了，
但可以摸到
它在一个人身上
走失的路。

她的唇，
她的胸脯，腿，
她的沉默，呼吸，

孤单的心跳，
胃。空空如也，像山川，故物——
不是用来爱，用来记忆。

走向河流

河流，为什么转弯，为什么
遇到任何一物
就抱住
没有什么可以实现河水倒流的渴望
更寂寞
更慢更多的河水
也不能
最急最勇敢的河水破碎
看到了吗
看到了吗
怀抱着幻想、放弃了痛苦的身体，是水
其余的是鸟，石头，是人
特别是你
特别是我

再也不能在这世上分享任何一粒沙子
它们从未多于自己。
这是我刚刚知道的快乐

经　过

河中，一些波浪加速
一些掩埋
让我们观看各种各样的欢乐

仿佛轻轻逝去的一切
换来垂直的雨
走过小城，让它透明

而且什么换来花朵？
如此沉默
几乎可以立在所有的往事中

如是，有人开了花店
有人在菜市摆摊
让我们路过，像一种必然

烟 火

有人将它点燃，我来看。
我刚好经过，
有点疲惫。这平常的一天，
安静的烟火，
如此柔软，完美，好像没有温度。
我站在植物和石山的投影中，
好像没有悔恨。

夜很深的时候

夜很深的时候
有蝉鸣
大半个月亮嵌在天上，不可形容
我在楼顶烧了两封旧信
有点可笑
我知道我在害怕什么
在我身上，月光慢慢走开
比女人要可爱得多

回忆章凯的一首诗

有时在某人脸上看到一闪而逝的波涛
被启发的身体记住了神秘的光

那不为爱情和恩惠所动的
单单空气就能给予肉体的
很深刻的迷狂
乞丐，残疾人士所得的欢愉可能
来自于此

时空在感官里呈现，平等，吝啬
没有补偿，令人恐惧，感动

谦卑的人
会记住他不可能获得的巨大财富
为眼前的平静深感遗憾

但有时，在他人的存在里感到
一点无名的馈赠
他人，带来神秘的忧伤
跟随它，重新走向未知的一切

关于乡村的回忆

关于乡村的记忆是孤单的，无人分享。

独自面对一丛失去水分的楠竹或者
遗弃在山沟里的狗的骨头——
从哪儿来的？

这个问题已不再重要。没有人想要回去，
欢快的童年趣事和父亲的沉默
锁在一起，藏在脊椎骨中。

没有人问起“那个知道自己
患了癫痫的男孩怎么样了？”或者
“用自制的弓箭射杀一只公鸡，事后
真的会感到羞愧吗？”

没有什么东西能藏好它的过去，
没有谁在他爱过的事实中发现真相。

记忆是孤单的，爱是一种幻想。

奇　迹

在甘谷镇，小敏和一个骗子住了一晚

他经常想起她说别人
爱上她的经历

他为轻而易举得到的爱着迷
她欺骗的爱，就那么堆在他胸前
清早起来她已不见了
整个小镇，像被洗劫了一遍，人们愁眉丧脸
好几个人都在喊他：小敏！小敏！
昨晚你去哪儿啦？

他不知道怎么回答，就没有说话
这事一下子就过去了

在甘谷镇，什么都在向前发展
他很快找到事做，尝了其他女人的味道

可他经常想起骗子说别人
爱上她的经历
即使他没有变成所谓的别人，也知道
没人像她说的那样爱她
他们只是享受偶尔被偷走一点什么的快乐

可他还是感到高兴
为她能那样去说
好像她在劫富济贫，无情，慷慨，然后
逃到一个渺无人烟的山寨

像一个奇迹啊。爱
就那么堆在他眼前。甚至
将他淹没。她逃的时候，什么都没带走
世界在原来的地方，空空荡荡

知　了

夜半的寂静中响起知了的歌
我不知道是否有绝望
我和它们一道体验爱在心中耗尽的滋味
这竟然是欢快的——
我感觉到了，旷日持久的折磨
正在我不识得的某人身上获得解脱

写给已无人影的路

十五六岁的时候
我走着走着
经常去山窝的草丛睡觉

二十五岁以后
我常常中途下车
随便在哪个宾馆将就一夜

我是个路人
从别人的电影中走失
我记得一起离开的几个

其中一个喜欢掺了薄荷的烟
她说了个事：有一天

她妈揪着她耳朵说
你自己出去耍两天嘛

那两天，她饿着肚子走在路上
又走回去，什么都没遇见
可她喜欢这种感觉
她喜欢一无所有的身上宁静的激越

而我喜欢午夜醒来
在陌生地方看到
长久跟随左右的几件物品
一成不变的亲近与关切

书，烟和酒——

我带着它们走进别人的生活
当别人为自己流泪
我会爱上那些忽然安静下来的东西

很久、很久以后，才爱上别人

写给无人守卫的空气

在新的住处
灰尘怎么都擦不干净
不知道它们是新的
还是旧的。我用锅底灰
涂抹刚得的伤口
像恶作剧
获得久违的快乐，但
沉默不语。这是冬天，下午
妻子、母亲和女儿
像忧郁的神灵，环绕左右

我其实小心
不想出错
在新漆的墙壁下面
破开瓜果，摆上碗筷
挂上一幅便宜的、欢快的画

填补空白
希望她们睡得安稳

在新的夜晚
忽然想起一件旧事——
十多年前荣辱与共的朋友
贫病交加，远走他方
我为我将他忘得如此彻底
暗自心惊

躲进斗室
埋头看以前的书
想将他重新找出来
在字里行间
感到从未留心的温暖

他用前半生也没能触到的慰藉
被我看到，并抓在了手里

像小时候在树丛里终于抓住
那只野兔
看着它惊乱的四肢
和认命的眼睛，我一下子
变成了少年。现在我
开始变老。幸运
总是让人老去一点

这就是他
留给我的东西
在空气里。我想喝酒。朋友啊
你应该知道：无人守卫空气

写给星期天最后一小时

将毛巾放回原处，把
桶里的水倒掉，星期天
来到结束的位置
万事万物
登上火车呼啸而去

我在空出的斗室
啃干燥的面包
回忆我们今天一起走过的路

从医院到空无一人的球场，从超市
走回快要到期的出租屋，好像已
走了二十年。我不能忘掉
当时有过的快乐

一点点安全的、性感的时刻
像无法再次流通的角币
被放回抽屉

世界就是这样被人装满的
也这样被人完全遗弃

我坐在已属于星期一的黑暗中
始终无法放松
总觉得手上还有东西
不知道该放在哪里

写给一个给出忠告者已忘记的忠告

我向表叔重述他在我十八岁那年
给出的一个忠告：不要和人讨论他
最在意的东西。他忘了
但补充说：也不要和自己较真

这个六十多岁的农民已活成
光溜溜的锄头把子，有块铁还在早年
撞击地球。“修理地球的人”，他们
这样形容自己。这些
祖祖辈辈生活在此的人

最后一拨哪儿也不想去的人
穿着简单的衣服，虽改抽纸烟
但仍觉得轮流吸水烟筒是表达亲近
更得体的举动，相互用小勺子敬酒更是

我不再喜欢这些套路，我不知道
我喜欢什么。酒醉了之后
我总是到屋顶躺着，仰望夜空
好像上面有我失去的女人正在唱歌

其实我不再需要什么女人
也不再尊敬各路大师和亲切的社会分子
我只有空气、饥饿和一点点希望
跟荒地上的牛马差不了多少

我在感受，也在想
我们身体里的警惕来自哪里？
纯粹的黑暗来自哪里？我感觉它
在旋转。忘记眼泪、忠告，忘记道理

只跟随它的召唤，离开所有人

像只野狗，卑贱而狂傲，且正忘记
这卑贱和狂傲，也忘记了忧伤
只是奔跑、跳跃，只是
奔跑和跳跃着，离开
忽然出现的
铁丝网之阵，离开
水泥和泥水正在争夺的
乡村空地，离开收破烂的三轮车
与小轿车的喇叭
离开相遇的城郊，离开山沟
和山顶。大量的野花
和野草让我迷惑并闻到嘴里
淡淡的血腥，大量的空白和令我

一下子胆怯的巨大悲哀
在山水间来去——那是
什么?

大量的人和人性涌来
我们争论过的问题和在爱与不爱之间
徘徊的凄苦与欢喜被丢弃在
任何一块石头上

涉足其间，我和一个真的我告别
和一个谁也不知道的我
离开

我回来的时候，像一个从没爱过的人
小心翼翼地靠近兀自亮着的灯

觉得爱另一个人是在人间
活着

无法拒绝的最大的荒谬，它用历史保存
你的绝望，你黑暗的核心，传给
下一代。你跟他们说：不要轻易打开

图书在版编目（CIP）数据

不如去看芭蕉 / 唐允著. —南宁：广西民族出版社，2023.10
（广西新锐作家作品系列）
ISBN 978-7-5363-7593-2

Ⅰ.①不… Ⅱ.①唐… Ⅲ.①诗集－中国－当代 Ⅳ.①I227

中国版本图书馆CIP数据核字（2022）第149385号

广西新锐作家作品系列

不如去看芭蕉

BU RU QU KAN BAJIAO

著　　者：唐　允
出 版 人：石朝雄
策划编辑：梁秋芬
责任编辑：李巧灵
装帧设计：张文昕
责任校对：黄裕蝶
责任印制：梁海彪　张东杰
出版发行：广西民族出版社
地址：广西南宁市青秀区桂春路3号　邮编：530028
电话：0771-5523216　传真：0771-5523225
电子邮箱：bws@gxmzbook.com
印　　刷：广西昭泰子隆彩印有限责任公司
规　　格：787毫米×1092毫米　1/32
印　　张：6.25
字　　数：193千
版　　次：2023年10月第1版
印　　次：2023年10月第1次印刷
书　　号：ISBN 978-7-5363-7593-2
定　　价：43.00元